A Morte e o Avarento

Mari Bigio

A Morte e o Avarento

Ilustrações
Rodrigo Eli

SABERES
LETRAS

Dados Internacionais de Catalogação na Publicação (CIP)
Angélica Ilacqua CRB-8/7057

Bigio, Mari
  A morte e o avarento / Mari Bigio ; ilustrações de Rodrigo Eli. -- São Paulo : Saberes e Letras, 2023.
  64 p. : il., color. (Coleção Cordel)

  ISBN 978-65-84607-13-2

  1. Literatura infantojuvenil brasileira 2. Literatura de cordel 3. Avareza I. Título II. Eli, Rodrigo III. Série

23-4961 CDD 028.5

Índice para catálogo sistemático:
1. Literatura infantojuvenil brasileira

Direção-geral: *Ágda França*
Editora responsável: *Andréia Schweitzer*
Assistente de edição: *Fabíola Medeiros*
Coordenação de revisão: *Marina Mendonça*
Revisão: *Sandra Sinzato e Ana Cecilia Mari*
Gerente de produção: *Felício Calegaro Neto*
Produção de arte: *Elaine Alves*
Ilustrações: *Rodrigo Eli*

1ª edição – 2023

Nenhuma parte desta obra poderá ser reproduzida ou transmitida por qualquer forma e/ou quaisquer meios (eletrônico ou mecânico, incluindo fotocópia e gravação) ou arquivada em qualquer sistema ou banco de dados sem permissão escrita da Editora. Direitos reservados.

Cadastre-se e receba nossas informações
http://www.sabereseletras.com.br
Telemarketing SAC: 0800-7010081

Saberes e Letras
Rua Botucatu, 171 – Vila Clementino
04023-060 – São Paulo – SP (Brasil)
Tel.: (11) 2125-3575
editora@sabereseletras.com.br
© Instituto Alberione – São Paulo, 2023

Podeis aprender que o homem
é sempre a melhor medida.
Mais: que a medida do homem
não é a morte mas a vida.

(João Cabral de Melo Neto)

No sertão de Pernambuco,
se conta a história do dia
em que a Morte fez sucesso
por ganhar na loteria.
Ficou rica e milionária
a tal dama tão sombria.

Um senhor muito avarento
fez fortuna e não casou.
– Pra gastar o meu dinheiro?
Nem na igreja eu num vou!
Festa e vestido de noiva?
Deus me livre, que num dou!

Assim, não teve nem filhos,
nem bicho de estimação.
– Eu que não gasto vintém,
comprando angu e ração.
Eu não quero papagaio,
não quero gato nem cão.

Também não quis amizades,
com medo de interesseiros.
– Eu sei bem que esses "amigos"
só pensam no meu dinheiro!
E assim ficou solitário,
sozinho no mundo inteiro.

Virou as costas pra fé,
que é pra não gastar com vela.
Pra não gastar energia,
nem assistia à novela!
Não tinha prato nem copo:
comia numa tigela!

Descalço pra todo canto,
que é pra não gastar a sola.
Não dava ajuda a ninguém.
– Eu não sou de dar esmola!
Não tinha bolsa nem mala,
andava com uma sacola.

Nem mesmo tinha carteira.
Nem tinha conta no banco.
Dizem que escondia o ouro
no solado de um tamanco.
E o povo todo cantava
num refrão de mote franco:

"Pão-duro, avarento, pirangueiro,
mão de vaca, manicurto, mutreteiro,
unha de fome, que mal come, migalheiro,
dorme no chão, mas se abana com dinheiro".

O cabra nem se importava.
Com a riqueza enrustida,
enchia o bucho de água,
pois mal comprava comida.
Até que chegou a noite
derradeira em sua vida.

A Morte bateu à porta,
mas ele não atendeu:
– Oxe, eu que não abro, não!
Maçaneta encareceu,
se me solta um parafuso,
prejudicado sou eu!

A Morte pede licença,
pois só pode entrar assim.
É uma dama educada,
que só traz notícia ruim.
Pôs a cara na janela,
pra ser atendida enfim.

– Deus me livre, coisa ruim!
Vai de retro, indesejada!
O mesquinho então gritou,
com a voz amedrontada:
– Não devo nada a ninguém.
Nem ninguém me deve nada!

A Morte ficou estanque!
Coisa de se admirar
era ninguém dever nada,
nem ter nada para cobrar.
E, assim, a Caetana
logo pôde averiguar:

– O senhor deve ser pobre.
É o que posso imaginar.
Essa casa é muito boa,
isso é possível notar.
Mas pergunto: onde é que senta,
sem cadeira nem sofá?

— Sento no chão, minha cara.
Tapete é pra ostentar!
A Morte o entrevistou:
— E a cama pra se deitar?
— É uma esteira bem gasta,
com jornal para forrar.

Depois de muito indagar,
descobriu toda a verdade:
— Avarento, mão de vaca,
manicurto e sem vontade!
Vou é lhe levar agora,
não importa a sua idade!

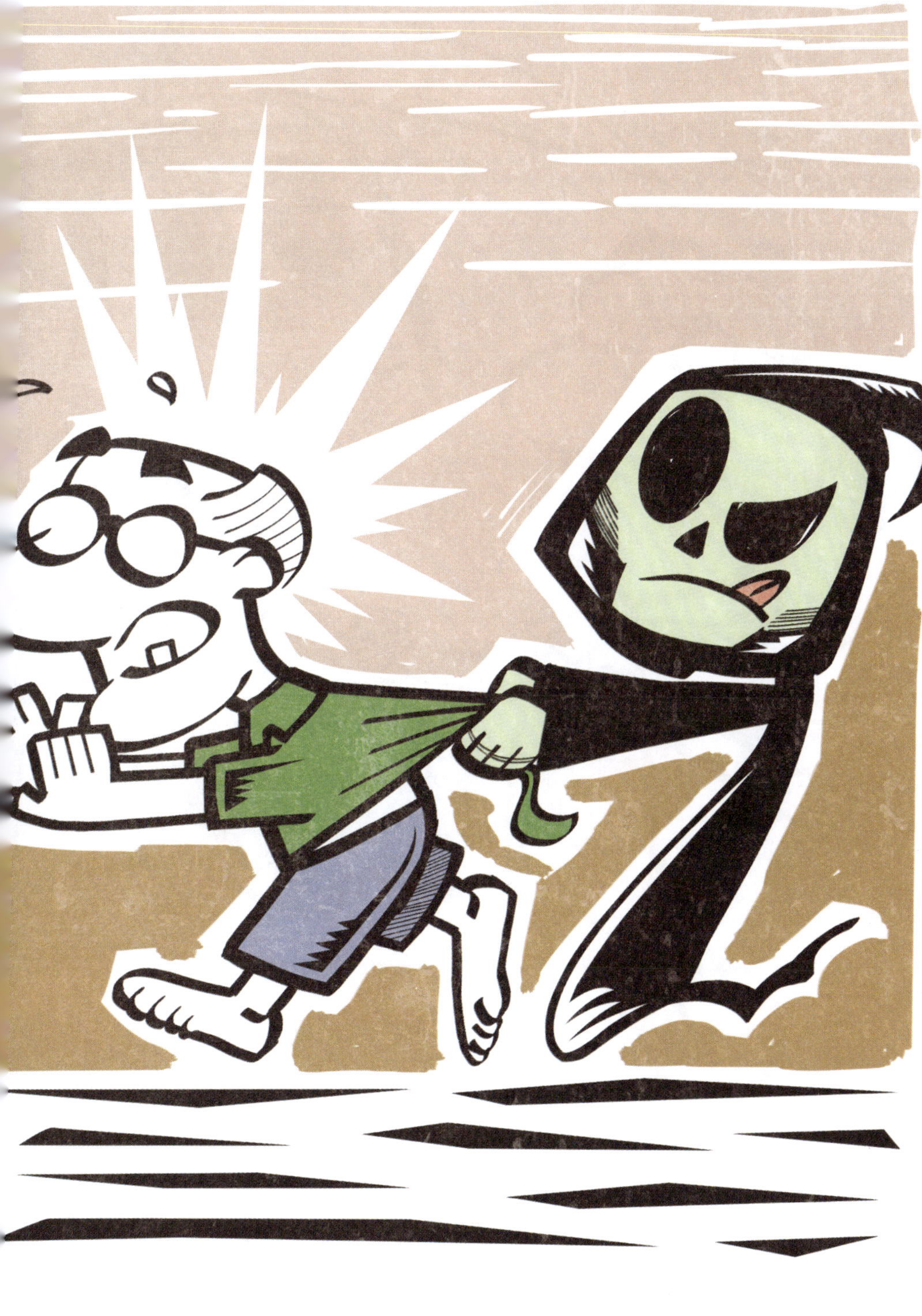

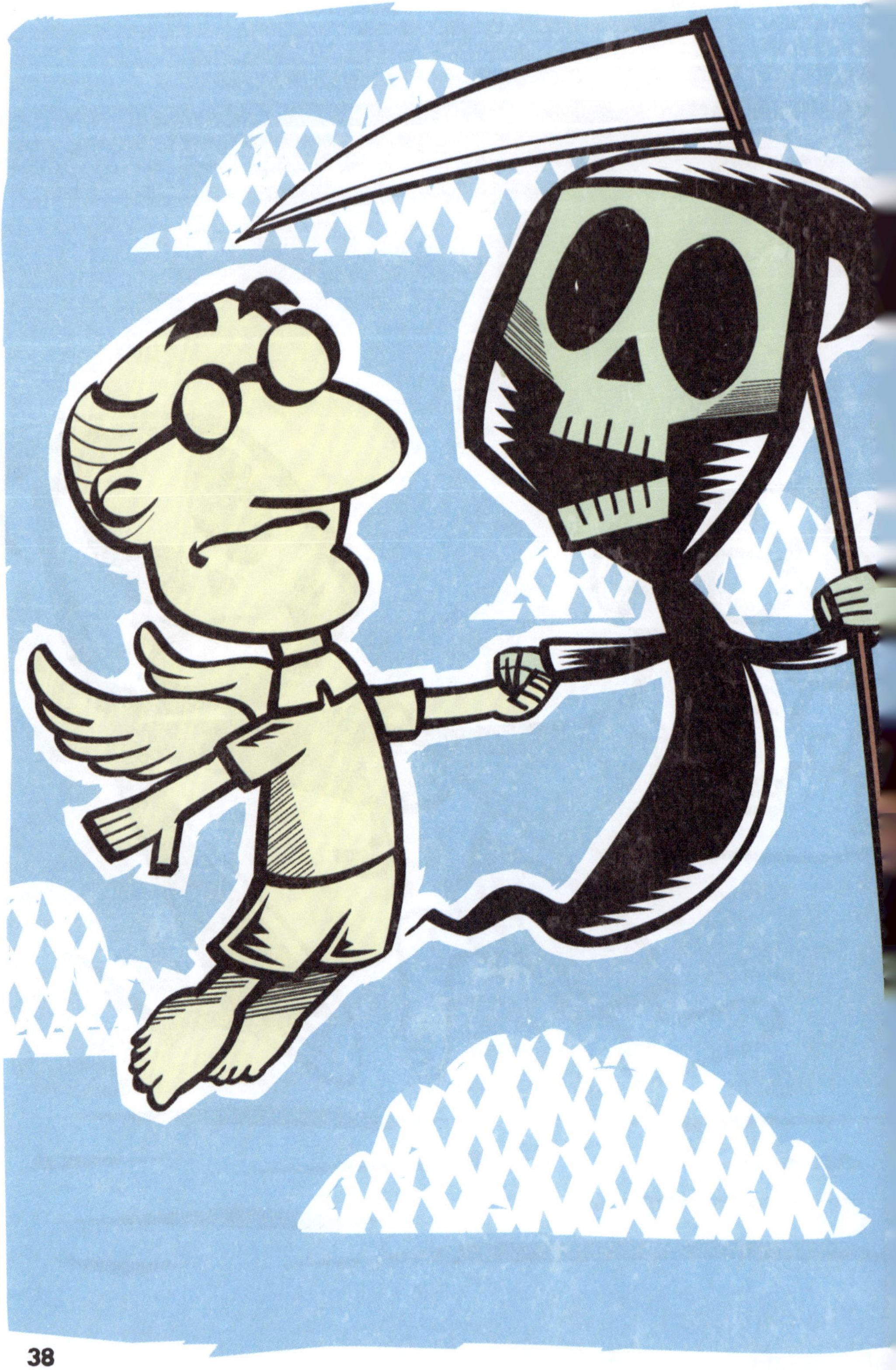

A Foice levou o homem,
sem ninguém pra o velar.
O que se leva da vida
é a vida que se levar.
Não resta nada pra quem
nunca soube o que é amar.

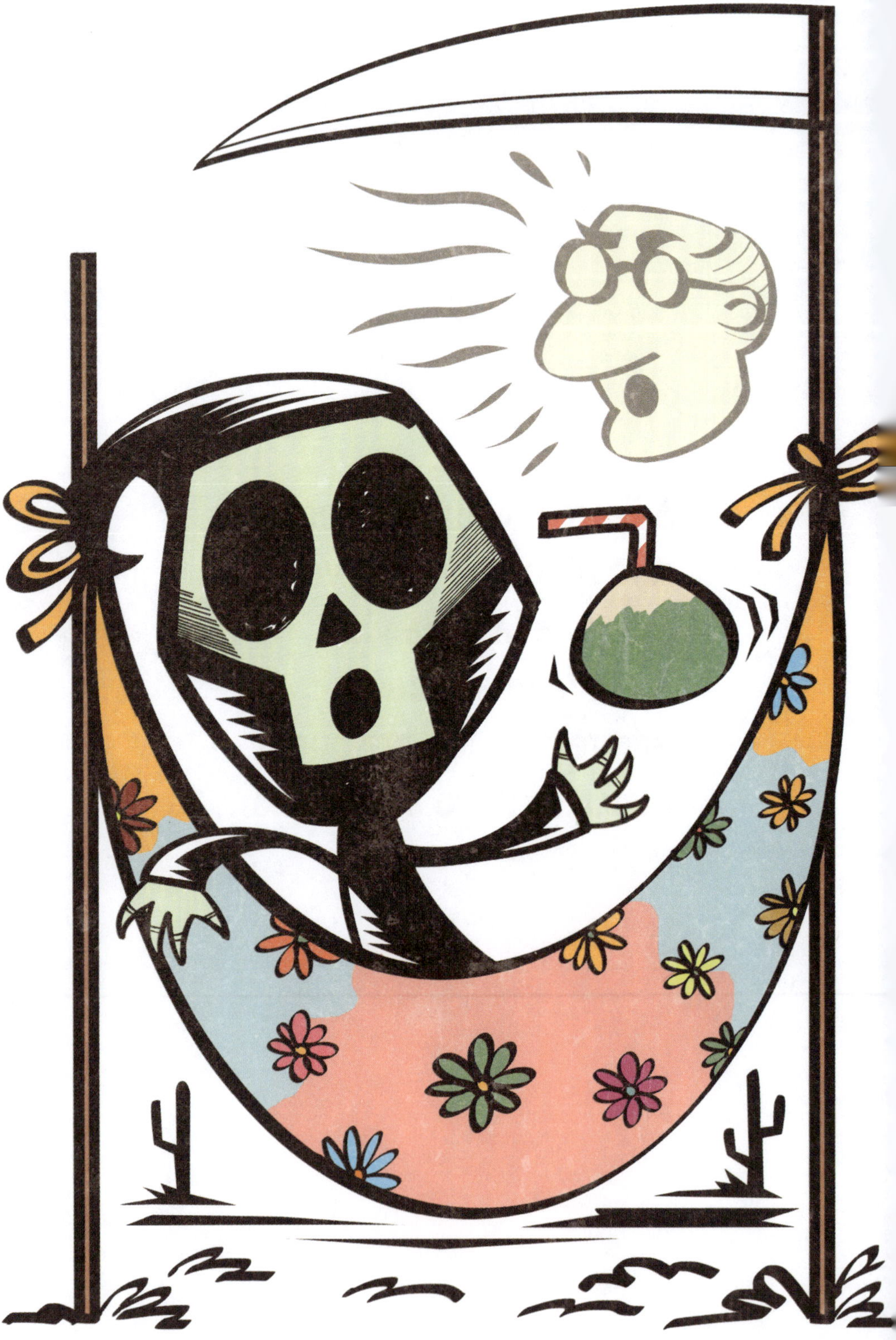

A casa foi vasculhada,
mas o dinheiro sumiu.
O tamanco, tão famoso,
ninguém sabe, ninguém viu.
Mas a Morte, em sua folga,
uma assombração sentiu.

O fantasma do Avarento
surgiu em um sonho estranho.
Arrependido ele estava,
por ter sido tão tacanho.
Falou pra Morte onde estava
a fortuna sem tamanho.

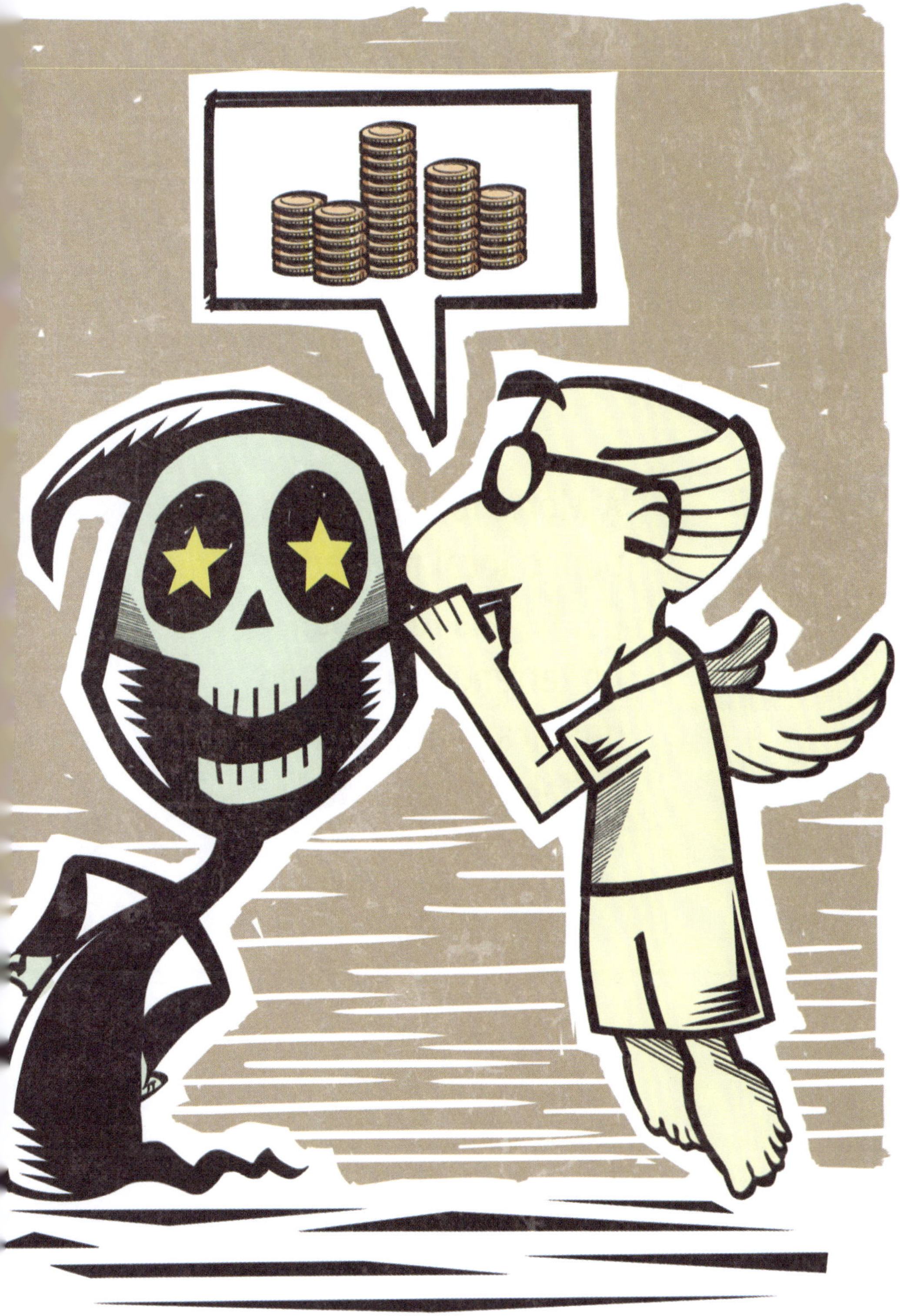

A Morte foi, caladinha,
para o local revelado.
Fez da sua foice pá,
no terreno acidentado
que ficava atrás da casa
do falecido amarrado.

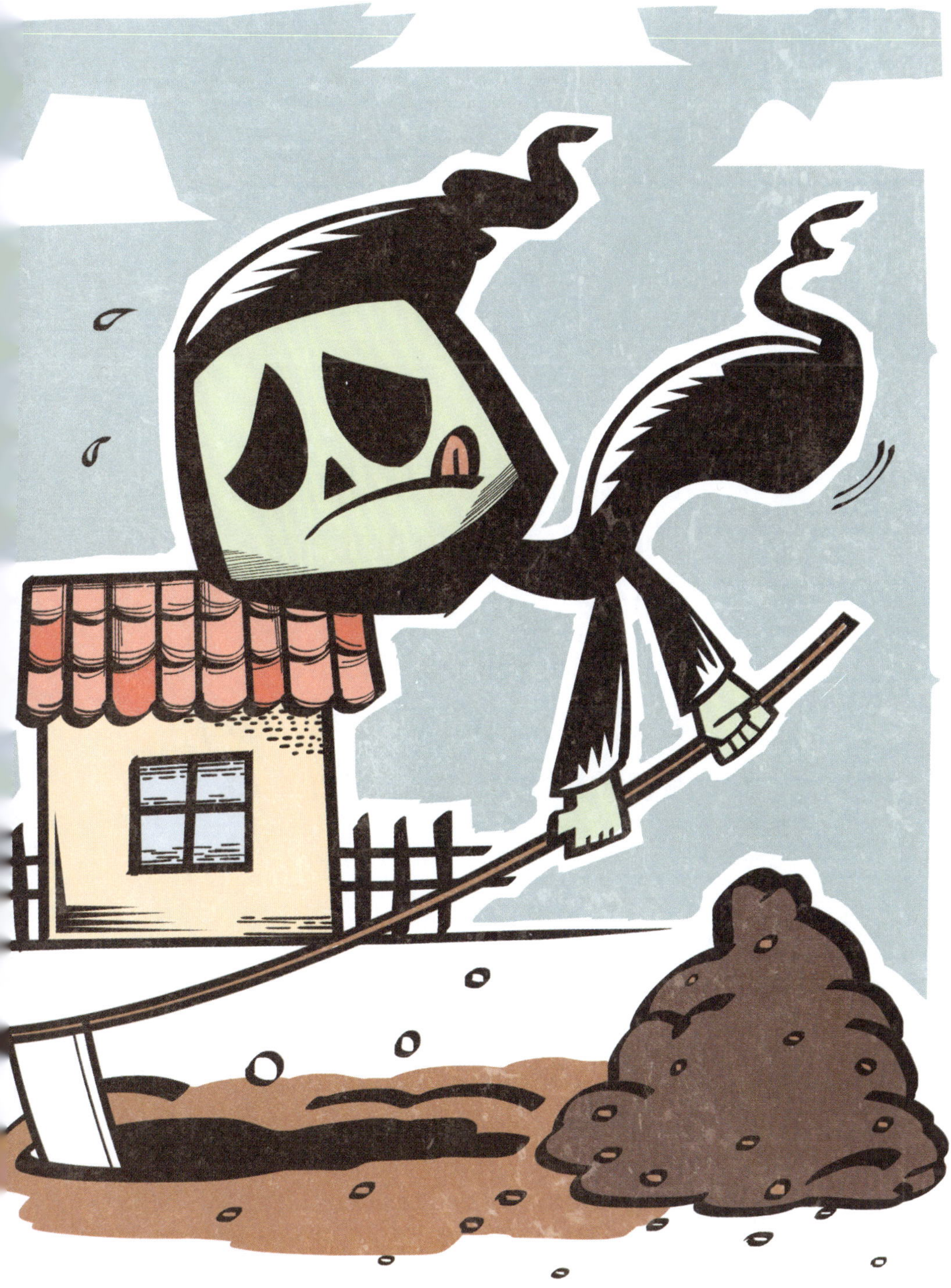

Lá encontrou a botija,
cheia de ouro e dinheiro,
e uma caixa de sapatos
embrulhada por inteiro.
E dentro o par de tamancos,
desses de assentar terreiro.

47

A Morte ficou ricaça
e resolveu viajar.
Saiu de férias uns dias,
fez farra pra festejar.
Deu a volta pelo mundo
em jato particular.

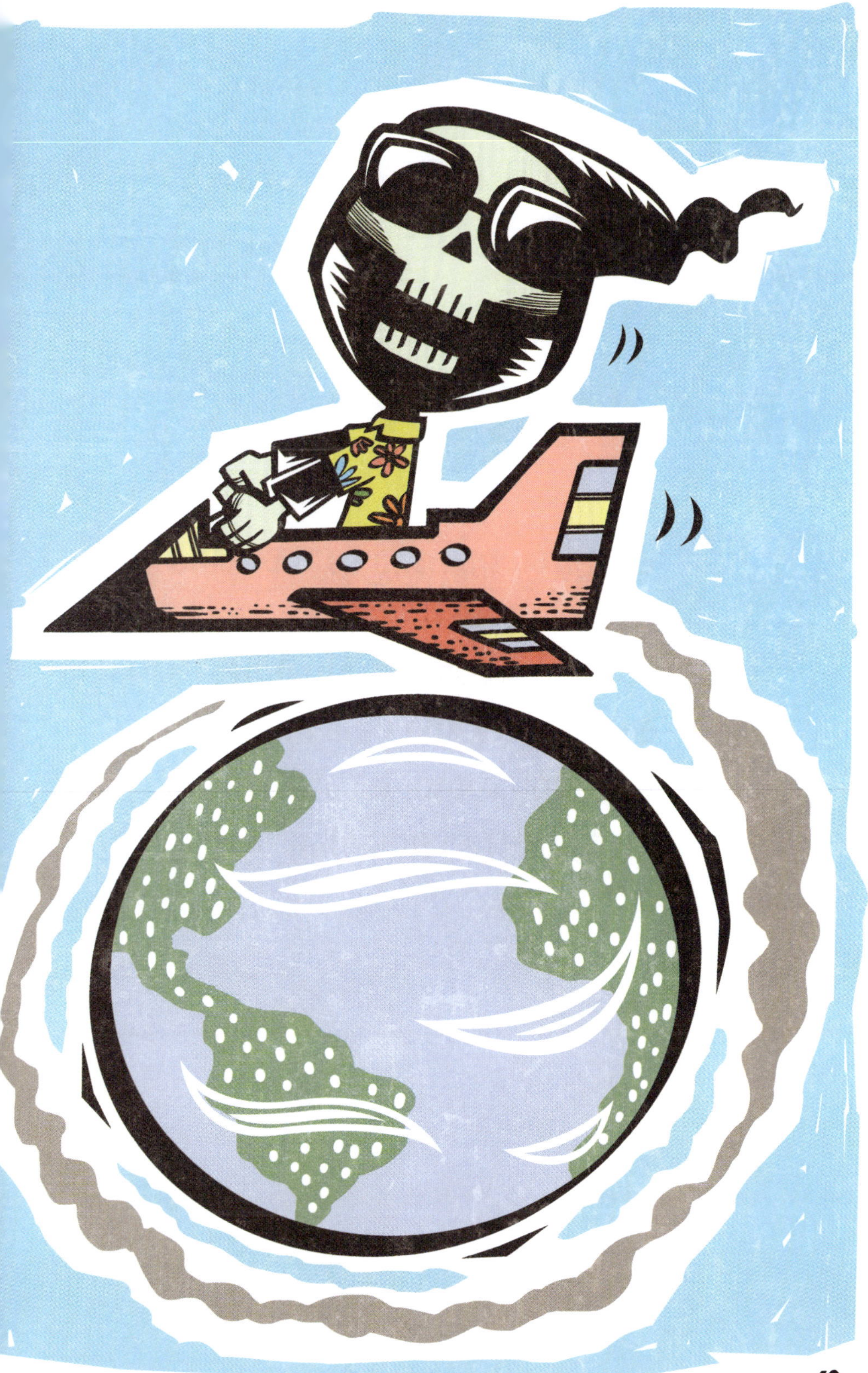

Comprou mansão com piscina
e um castelo de rainha.
Foi caviar com champanhe,
enchendo a sua pancinha.
Comprou moto, jet ski
e uma Ferrari novinha.

51

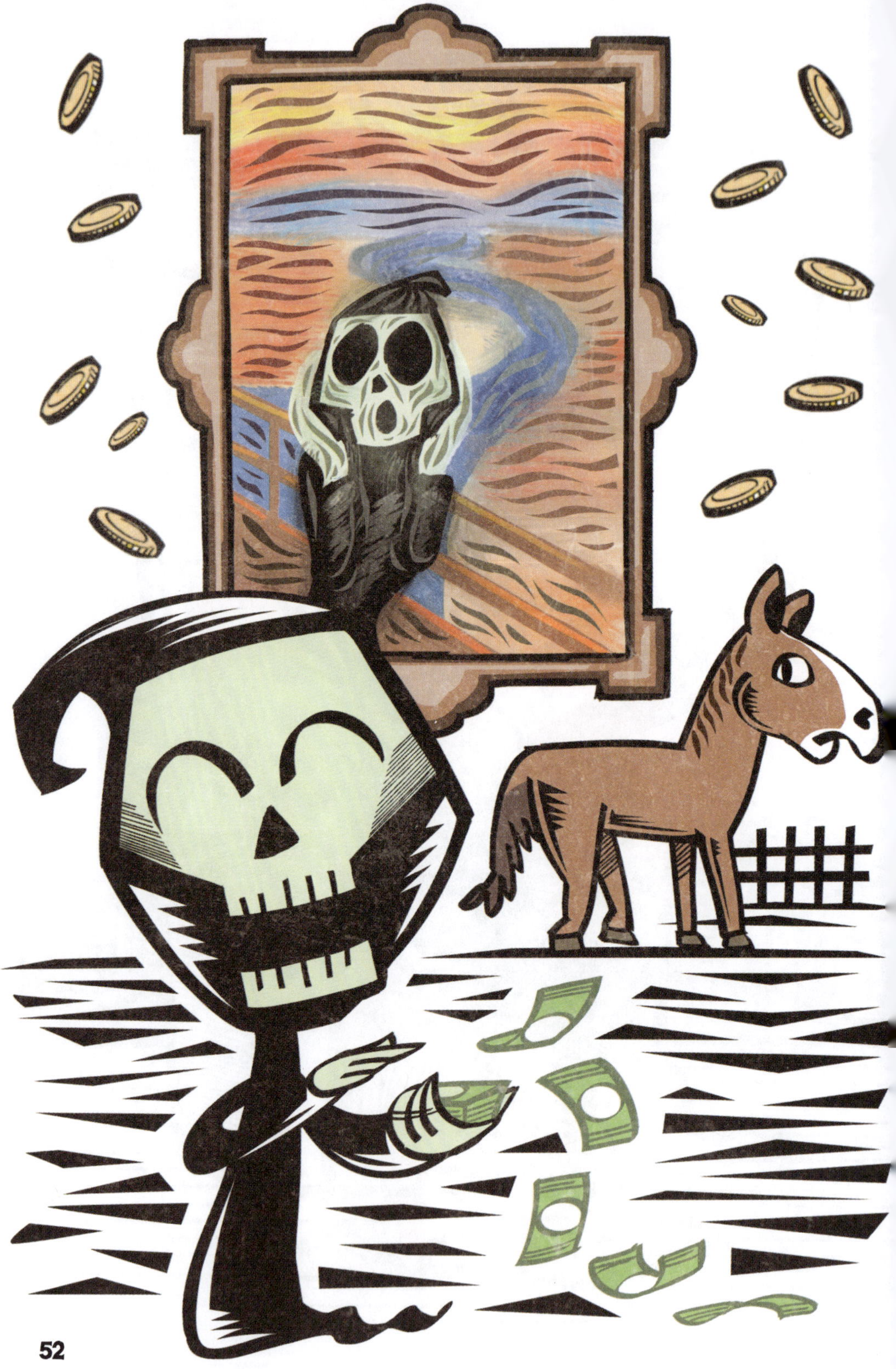

Emprestou e apostou.
Passou cheque em doação.
Comprou cavalo e fazenda,
obra de arte em leilão.
Gastou cada um centavo
até não sobrar tostão.

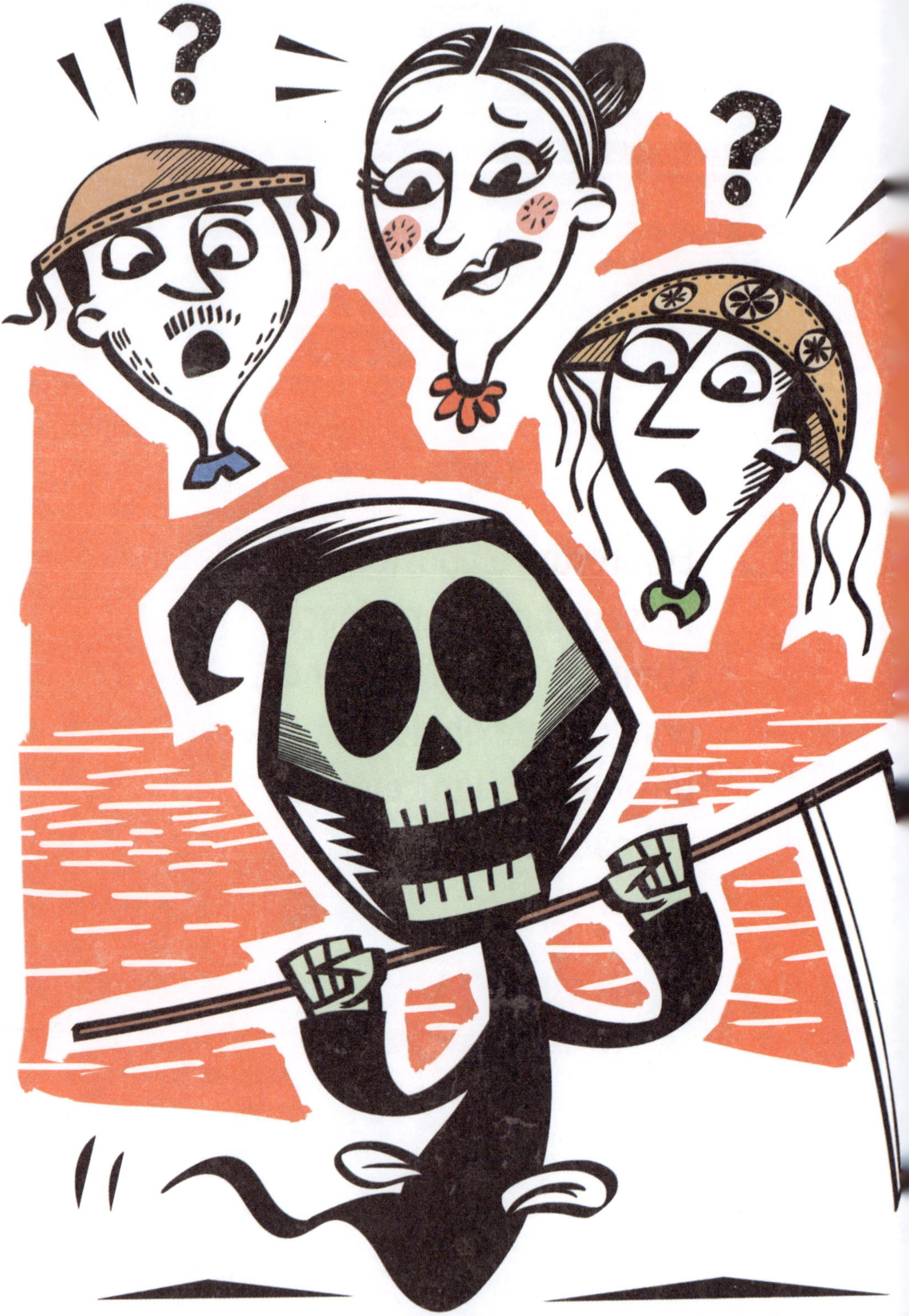

Ao cabo de uma semana,
ao serviço retornava.
Tendo gasto a tal fortuna,
pois ela nada poupava.
– Voltou toda sorridente? –,
todo mundo perguntava.

– Fiquei rica e já gastei!
E assim volto à minha lida.
O destino do Avarento
é a pena mais sofrida,
pois sua herdeira é a Morte,
eis a certeza da vida!

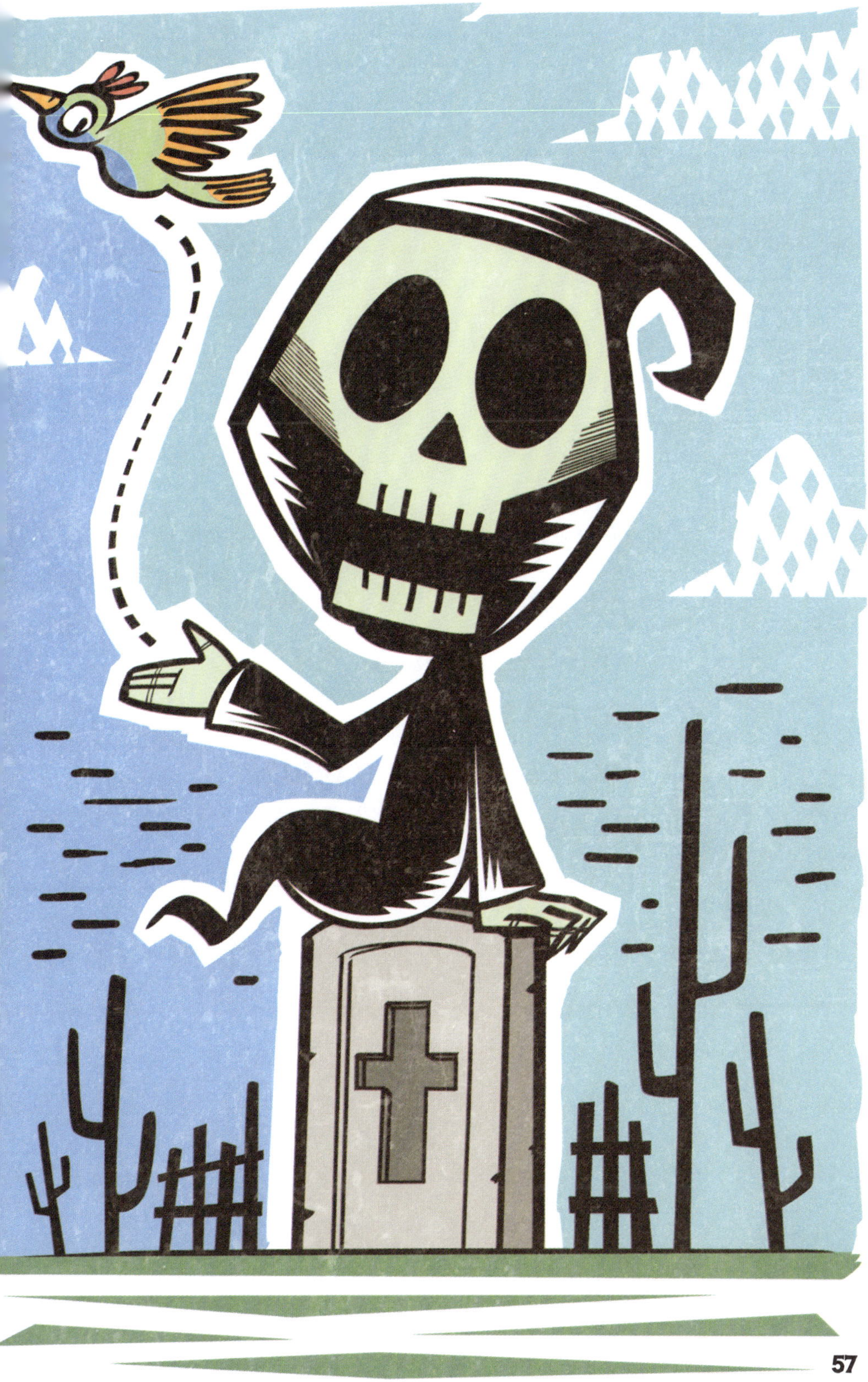

Avarento moribundo
sabe quando vai morrer.
A Morte chega sambando,
pro cabra reconhecer.
Vem batucando o tamanco,
pra todo mundo saber!

59

Mari Bigio é pernambucana do Recife, e é uma verdadeira entusiasta da palavra. Poeta cordelista, começou sua carreira em 2007, quando escreveu e publicou seu primeiro folheto. É também contadora de histórias, cantora, compositora e radialista. Ministra oficinas de literatura para crianças, jovens e adultos, integra o projeto Cordel Animado, junto à sua irmã, Milla Bigio, e apresenta o programa de rádio infantil *Rádio Matraquinha*. Tem dezenas de cordéis publicados, além de diversos livros infantis.

Rodrigo Eli é ilustrador, designer gráfico, redator, roteirista e criador da série em cordel que mistura ícones da cultura pop com elementos regionais brasileiros. É artista de São Paulo, mas profundo admirador da cultura nordestina, que o inspira na criação de suas obras. Todos os personagens do cinema, dos desenhos, os ídolos da música e todas as cenas memoráveis que marcam nossas vidas são representadas com muita brasilidade em suas artes, que exaltam a bela e riquíssima cultura popular.

SABERES
LETRAS

Rua Botucatu, 171 – Vila Clementino
04023-060 – São Paulo – SP (Brasil)
Tel.: (11) 2125-3575
http://www.sabereseletras.com.br – editora@sabereseletras.com.br
Telemarketing e SAC: 0800-7010081